AF299751

IL RECULE

POUR

MIEUX SAUTER.

PROVERBE

ET

CONTE EN VERS.

Imprimé À LA HAIE,

Et se trouve à PARIS

Chez {
EDME, *libraire, rue* St-Jean-de-Beau-
vais *, près la rue des Noyers.*
LE JAY, *libraire, rue* St-Jacques,
au-dessus de la rue des mathurins,
au grand Corneille.

M. DCC. LXXII.

AVERTISSEMENT.

L'ON s'amusait à faire des *Prover-*
bes dans une *Partie-de-plaisir*, où se
trouvaient le Marquis de Giv·, le
Chevalier de P···, &c. Le dernier, sous le nom de *Dorante*, raconta l'Histoire d'une Femme, qui
se vengea d'un Époux infidèle & ja-
loux par une triple tromperie; c'est-
à-dire, en l'empêchant de profiter
d'un rendez-vous de sa Maitresse;
en substituant un autre Galant qui
lui souffla cette bonne-fortune; enfin, en profitant de son absence pour
goûter elle-même le plaisir dont elle
le privait. Le Marquis de Giv·, qui
savait ce trait, s'était proposé d'en

faire usage pour son Proverbe : mais se le voyant enlever, il eut recours à l'Historiette assez récente, qui fait le sujet du Conte suivant. Il le commence, en adressant la parole à son Ami.

PROVERBE.

M'avez pillé, Seigneur Dorante,
l'à *Trompeur Trompeur & demi!*
mais si ce point voulais prouver aussi,
Histoires aurais plus de trente.
Autre Dicton faut-il pourtant chercher,
puisqu'à mon tour, la belle Rosalie
prétend me voir rimer & proverber.
Ferai tous-deux; veux servir sa folie,
que bien, que mal : il ne faut se câbrer
contre un Tendron : fût-ce pure manie,
Femme toujours veut être à gré servie;
& qui pourrait un moment contester,
Amant, Epoux, payerait cette injure.

Or fus, je vais tout-d'un-temps commencer
à vous rimer Hiſtoriette ſure,
que certain jour Gars diſert & léger
me raconta comme vérité pure.
Il eſt l'Acteur ; lui-même va parler.

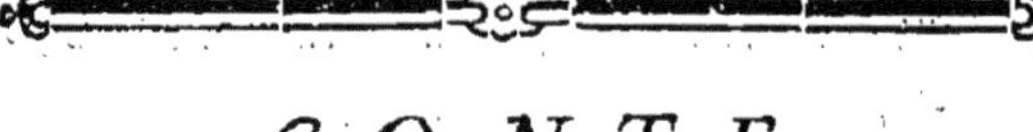

C O N T E.

Je ne hais point du-tout à voyager
      par le caroſſe devoiture :
quoique ſouvent l'ennui vienne y ſiéger,
on a par-fois quelque bonne avanture
      capable d'en dédomager.
Pardevers moi, j'en ai l'expérience :
j'ai voyagé dans l'Allemagne, en France
par cette voie, & m'en ſuis bien trouvé.
Un jour pourtant faillis d'être atrapé.
Faut dire auſſi, l'Animal porte-jupe
      eſt un Animal bien ruſé.

Heureusement je n'en fus pas la dupe,
& par après, mon compte retrouvai.

Un beau matin, gai comme un Prince
d'être obligé de me rendre à Paris,
  dans une Ville de Province,
ſuivant mon us, le caroſſe je pris.
Je n'y trouvai pour toute compagnie
qu'une Poulette à-peu-près de vingt ans,
  d'une figure très-jolie,
& dont ſur-tout les yeux étaient friands.
Tout en lorgnant l'appétiſſante Fille,
un petit piéd, qu'enclos mule gentille
montre le nés : alors desirs naiſſans.
d'être aiguisés ; dans ma peau je grille.
Mais ce n'eſt tout ; on cause : ah quels accens !
qu'ils ſont flateurs ! ils vont droit à l'âme...
Pour ſubjuguer tout ſert trop bien la femme,
Voix, piéd mignon & regards ſéduisans.

a iv

La Belle était fous l'aîle d'une Tante
        qui datait au-moins de cinquante ;
mais cependant avait l'air affés frais ,
& paraiffait encore appétiffante.

Tres-grâvement pendant la matinée ,
        de chofe & d'autre on s'entretint ,
& quelquefois près de nous l'ennui vint.
        Plus libres dans l'après-dînée ,
fur la réferve un-peu moins on fe tint.
        Si qu'à la fin de la journée ,
on fe trouva , comme fi tous les trois
nous nous fuffions connus depuis fix mois,
Mon air benin , & quelque complaifance
m'ayant du couple acquis la confiance ,
quand dans l'auberge on nous eut introdui ts
madame Alix (c'eft le nom de la Tante)
qui fe chargea d'être notre Intendante ,

prit pour nous trois une chambre à deux lits.

L'un fut pour sa Nièce & pour elle ;

la jeune Enfant coucha dans la ruelle ;

& par moi seul l'autre fut occupé.

Ensuite il est entre nous arrêté

que quoiqu'il arrive & qu'il coute,

nous ferons ainsi notre route,

& qu'à ce plan rien ne sera changé.

Au-demeurant dans la voiture,

chacun selon la conjoncture,

dormait, rêvait ou jasait à son gré.

Trois jours ainsi nous avions voyagé

tranquillement, sans qu'aucune avanture

notre projet en rien eût dérangé.

Moi cependant avec la Nièce

quelquefois avais badiné ;

si que très-bien avais jugé

qu'elle était une Bonne-pièce ;

& que souvent ne demandait pas mieux

que nous pussions nous rencontrer tous-deux.

Le desirais pour le moins autant qu’elle ;

  mais la Tante sempiternelle

ne nous quittait pas un moment des yeux.

Mon seul recours ainsi dans la voiture

avait été pendant la nuit obscure,

(car avant-jour nous partions le matin)

par-ci par-là de promener ma main ;

  dont bien-loin de faire la mine,

  la Belle était toujours chagrine

que je ne pusse aller un autre train.

Le soir venu, le couple à-l’ordinaire,

après soupé, reprit sa place au lit,

  & bientôt après s’endormit.

Contre la Tante animé de colère,

de mon côté dans le mien je me mis ;

  mais du Diable si je dormis !

Occupé de la Jouvencelle,
dans mon efprit je cherchais un moyen
de me trouver tête-à-tête avec elle :
    mais je me tourmentais envain.
Tout en cherchant, il me prit une envie ;
    à telle fin que de raifon ,
    voyant l'une & l'autre endormie ,
de m'en aller du côté du Tendron.

    Rempli de cette fantaifie ,
du lit je fors , & marchant à tâton ,
à petits pas , fans poser le talon ,
j'arrive enfin au fond de la ruelle.
Quand je fuis là , fans former de deffein ;
entre les draps je dépêche une main.

    Avant d'arriver à la Belle ,
ma main parcourt un affez long terrein.
Déterminé par la marche foudain ,
bien doucement je me gliffe auprès d'elle ,
& pas-à-pas je pourfuis mon chemin.

Tout en alant ainſi mon train ,

je rencontre une croupe nue ,

ferme ,   douillette, & beaucoup plus dodue

que le Tendron ne me ſemblait devoir ,

vu ſon corſage & ſa jeuneſſe ,   avoir.

Tout auſſitôt craignant quelque bévue ,

je m'arrête déconcerté.

Je rêve en moi , puis quand ai bien rêvé ,

convaincu que dans la ruelle ,

j'ai vu coucher la Jouvencelle ,

& que je ſuis de ſon côté ,

ſur le coup-d'œil je crois m'être trompé.

Tout-bonnement alors je continue ,

toujours avec grande précaution ,

& ne trouvant nulle oppoſition ,

heureuſement je m'inſinue.

La Belle encor par aucun mouvement ,

(paraiſſant toujours endormie)

n'avait donné ſigne de vie ,

& j'alais toujours en-avant.

Enfin ccrtain frémiſſement

dent tout-d'un coup je la ſentis ſaisie,

m'annonça que de la partie

elle alait être incontinent.

Encouragé par la douce eſpérance

qu'elle pourra partager mon tranſport,

tant que je puis, plus-en-plus je m'avance.

De l'autre part, je ſens que ſur ma panſe

la croupe pèse, & s'appuyait plus fort;

tant qu'à la fin prêt à tomber à terre,

je fus contraint de redoubler d'effort.

Ne doutant plus qu'elle ne fût d'accord,

d'un de mes bras doucement je la ſerre;

elle y répond, en appuyant encor.

N'eumes longtemps beſogné de la ſorte,

qu'un grand ſoupir elle pouſſa :

malgré la gêne un-peu ſe trémouſſa :

& puis reſtant comme une morte,

ma-foi la Belle en syncope tomba.

Quand de sa crise elle fut revenue,

sans faire aucune attention,

entre mes bras encor toute émue,

elle se jeta sans façon;

& sans penser au voisinage,

de mille baisers mon visage

elle couvrit, pleine de passion.

Au mouvement que lui fit faire

ce transport par trop téméraire,

s'étant éveillée en sursaut,

la Dormeuse cria tout-haut:

Ma Tante! ah ciel! qu'êt-ce qui vous tourmente?

A cette voix, à ce mot de ma Tante,

Dieu sait comme je fus penaut.

Mais de leur lit descendant aussitôt,

sans bruit au mien je cours avec prestesse,

& dès que j'y suis arrivé,

comme aux clameurs fi me fûs éveillé,

à-mon-tour je crie, Eh bien ! qu'eft-ce ?

Voyant que je fuis éloigné,

madame Alix un-peu hors de détreffe,

comme en furfaut auffi fe réveillant,

bâille, foupire, & fabrique à fa Nièce

d'un fonge affreux le récit effrayant,

dont elle fut tant agitée,

qu'encore en a l'âme troublée.

Lors tous les trois de fonges devifant,

chacun le fien va racontant.

Sur ce propos nous raifonnions encore,

lorfque l'on vint nous avertir

qu'alait bientôt naître l'Aurore,

& qu'il eft heure de partir.

LE jour paffé, la nuit fuivante,

fachant la difpofition

où tout était la précédente ;

& ne cherchant qu'à joindre le Tendron ,
(Nièce toujours valut mieux que fa Tante)
fitôt que le couple dormit ,
je m'en fus encor à fon lit.
Mais aulieu de gagner dans la ruelle ,
je m'arrêtai fur le devant ,
où fe devait trouver la Jouvencelle ,
& dans les draps me logeai doucement.
Dès que j'y fus , fondant à-l'ordinaire ,
ma main partout conduisis tâtonnant.

Mais quel fut mon étonnement
de trouver la même croupière ,
qui devant moi fe tenait fièrement !
Prenant bientôt mon parti noblement ,
je m'en tirai de la même manière
que j'avais fait auparavant :
puis dans mon lit m'en-fus en enrageant.

MADAME Alix cependant bien contente

de s'être fait une si bonne rente,

& d'avoir su si bien tromper l'Espion :

(car j'eus bientôt reconnu que la Tante ,

changeant de place & de position ,

en Femme rusée & prudente ,

n'avait d'abord eu d'autre intention

que de me soufler le Tendron)

Or donc Alix toute joyeuse ,

sans plus faire la précieuse ,

le lendemain me remontra combien

il nous était important que la Nièce

ne découvrît notre tendresse ,

& qu'elle pût ne se douter de rien :

qu'aulieu d'aller à leur lit si près d'elle ,

où nous pouvions éveiller cette Belle ,

mieux convenait qu'elle vînt dans le mien :

plus librement à notre ardeur en proie ,

nous y pourrions nous livrer à la joie.

La bonne Dame au fond avait raison.

Je n'eus auffi garde de dire non ,
ni de chercher quelque frivole excuse ,
quoique vîs bien que c'était une ruse
pour garantir encor mieux le Tendron ,
en le fauvant de toute incurfion.
Le traité fait , Alix , en Femme fage ,
qui ne veut point amaffer d'arrérage ,
ne manqua pas de venir chaque foir
exactement fa rente recevoir.
Et l'on eût dit chaque fois , à la voir ,
    qu'à l'honneur de la Jouvencelle
s'intéreffant avec un nouveau zéle ,
elle eût voulu tarir le réfervoir.

Tandis qu'ainfi pendant la nuit obfcure ,
fort à mon aise , & fous ma couverture ,
avec Alix alais un fi bon train ,
pendant le jour , enclos dans la voiture ,
    tous trois alions notre chemin ,

& de Paris nous aprochions enfin.

Nous y devions coucher le lendemain.

Toujours épris des beaux yeux de la Nièce,

je n'avais pu jusques-là qu'en paffant,

l'entretenir de ma tendreffe ,

& badiner quelquefois feulement.

Il eft vrai que le badinage

avais fu pouffer affez loin

pour efpérer d'en faire davantage ,

quand nous pourrions nous trouver fans témoin.

Mais dame , c'était-là le point.

La Tante ne nous quittait point.

Envain d'accord avec la Nièce ,

je cherchais à lui faire pièce ;

elle fesait nos projets échoüer ,

& parait tout avec adreffe.

Ne favions plus à quel Saint nous voüer ,

quand le hazard , père des avantures ,

heüreusement de nous ayant pitié ,

b ij

vint avec nous se mettre de moitié ,

   & prenant au mieux ses mesures ,

nous régala d'un plat de son métier.

DEJA la nuit était fort avancée.

Madame Alix sa rente ayant touchée ,

paisiblement dormait entre ses draps.

Sa tendre Nièce auprès d'elle couchée ,

   reposant ses jeunes appas ,

d'un songe heureux avait l'âme enivrée.

A mon égard , un bienfesant repos

me délâssait aussi de mes travaux.

Enfin tous-trois nous dormions à-merveille.

Mais tout-à-coup les cris les plus perçans ,

   brusquement frapant notre oreille ,

au doux sommeil arrachent tous nos sens.

Incontinent de la plus vive crainte

sommes saisis , & de périls pressans

déja tous-trois croyons sentir l'atteinte :

moi cependant, afin de découvrir

de tels clameurs qui peut être la cause,

  dans un temps où chacun repose,

nud je me lève, & vais la porte ouvrir.

 A-peine y suis, que je vois notre Hôteffe,

qui demi-nue autour de moi s'empreffe,

(pour dame Alix tout d'abord me prenant)

entre effouflée, enfuite nous apprend

  que depuis la veille chés elle

  eft une Dame jeune & belle,

de fa campagne à Paris retournant,

qui par malheur fe trouve en mal d'enfant.

Puis de fa part à dame Alix demande

  que dans une peine fi grande,

  elle veuille la visiter,

& de fes foins un moment l'affifter.

En grande hâte Alix officieuse,

ne s'épargnant en cette occasion,

avec plaifir s'en-va chez la Crieuse.

b iij

De mon côté, fans affectation,
    tandis que la Dame s'apprête,
ayant formé mon projet dans ma tête
    fitôt la requisition,
    pour qu'aucun foupçon ne l'arrête,
& que fa Nièce au lit puiffe laiffer,
    je m'offre de l'accompagner.
Lors à la clef fermant bien notre porte,
tout fimplement avec moi je l'emporte,
    & dans ma poche ai foin de la ferrer,
fans qu'elle penfe à me la demander.
Puis quand ai mis Alix chez la Malade,
où chacun eft en confternation,
    fans dire mot, finement je m'évade,
& je m'en viens retrouver le Tendron.

    DIEU fait avec quelle tendreffe
l'aimable Enfant me reçut dans fes bras;
    & quelle fut mon allegreffe,

quand je me vis maître de ſes appas !

N'écoutant plus que l'ardeur qui nous preſſe,

tous-deux en proie aux plus ardens deſirs ,

tous-deux atteints de la plus douce ivreſſe ,

tous-deux enfin nous mourons de plaisirs.

Ces raviſſemens dont notre âme

ſe vit ſaiſie en ces heureux inſtans ,

bien-loin d'éteindre notre flâme ,

ne firent qu'alumer nos ſens.

Malgré le ſoin qu'avait eu notre Tante

de ſe faire payer ſa rente ,

je me ſentais encore tout de feu ,

& je trouvais la Nièce ſi charmante ,

que nous alions recommencer le jeu.

Mais les chevaux qu'à la voiture

nous entendimes atteler ,

forçant la Belle à ſe lever ,

furieux de la conjonĉture ,

cent fois maudis la loi trop dure

qui m'oblige de la quitter.
Bientôt après, entendant le Cocher
qui contre nous tempête, crie & jure;
        madame Alix je vais chercher :
& retournant à la chambre avec elle,
        nous ouvrons ensemble à la Belle.
        Gaîment ensuite tous les trois
        dans notre pesant équipage
nous embarquons pour la dernière fois.

        AINSI finit notre voyage,
qui, comme on voit, ne fut pas malheureux;
puisque d'Alix grâce à la prévoyance,
& du hasard moyennant l'assistance,
        au lieu d'une, j'en croquai deux.

AINSI parla, sans mensonge ni feinte,
le Gars qu'ai dit : Belles, si faites plainte
        que trop gaillard est le Récit,

m'excuserai : ne veux donner atteinte
à la pudeur qui dans vos yeux eſt peinte,
en racontant cet amoureux déduit :
mais veux plutôt vous inſpirer la crainte
d'eſcrocs d'honneur, qui Belle mainte & mainte
ſous faux-ſemblans finement ont ſéduit.
Car de mon Gars pour finir l'avanture,
        dirai que du galant exploit
a réſulté depuis certaine enflure
qui mit la Nièce en très-grand deſarroi.
Pas n'a voulu, dans cette conjonĉture,
l'ingrat Amant faire ceſſer l'émoi
qu'a reſſenti la tendre Créature.
Plus mal encor a fait ce Gars ſans foi ;
        ſans intérêt l'a deſſervie :
car un Galant, de la Nièce jolie
adorateur ſolide & plus loyal,
il avertit d'en paſſer ſon envie
ſans ſe lier par le nœud conjugal.

Mais fa noirceur juftement fut punie,
comme favez * : *Mal foit à qui veut mal !*

Or il eft temps, aimable Rosalie,
de revenir à l'objet principal
que veux prouver par cette Rapsodie.

Trompez l'Amour; on peut leurrer
Enfant fi jeune, & toujours en délire :
Mais fi d'abord fauffez le but qu'il mire,
Il recule pour mieux sauter.

* Voici comme l'on raconte cette feconde Avanture de la Nièce.

Un Gentilhomme était reçu dans une honnête maison, dont les Maîtres avaient une Nièce méritante & très-aimable : il fut gagner fi-bien le cœur de la Jeune-perfonne, qu'elle n'eut aucune réferve pour lui. Mais l'Amour eft

un tiers ordinairement indiscret ; il mit
du desordre dans la taille de la charmante Nièce. Dès qu'elle s'aperçut d'un
effet si commun , elle en fut extrême-
ment surprise , sans pourtant être fort
affligée: elle instruit son Amant; ne doutant pas qu'il ne la mette à-l'abri de la
honte , pour ne lui laisser que le plaisir
d'être Mère. Ce fut aussi sur ce ton qu'il
répondit. Mais le Perfide , que la faci-
lité de sa Maitresse effrayait sans-doute ,
supprima ses visites. Les Parens de l'a-
moureuse Nièce en marquèrent de l'é-
tonnement à celle-ci , qui dissimula
quelque temps sa douleur & son indi-
gnation. Cependant le petit Témoin in-
comode , le devenant tous les jours davantage , il falut parler : elle dévoîla
tout le mystère. L'Oncle , homme de
sens, & la Tante expérimentée , virent
tout-d'un-coup la cause de l'éloigne-
ment de leur faux Ami : sans perdre

la tête, ni faire d'inutiles reproches ;
ils prétextèrent un voyage aux bains de
Plombières, & menèrent leur Nièce
dans un Pays, où, fous le nom d'une
jeune Veuve, elle mettrait au jour l'ou-
vrage posthume d'un feu Mari.

Jusques-là tout alait bien. A fon re-
tour, la Nièce, un-peu pâle, n'en eft
que plus intéreffante : auffi fit-elle une
conquête. On ala vite au fait ; les ar-
ticles font dreffés, les bancs publiés, &c.
Le Gentilhomme déloyal eft informé
de ce qui fe paffe ; &, par une Lettre
anonyme, il fait à l'Époufeur un dé-
tail circonftancié des déportemens de
fa future Moitié. Le mariage fe rompt ;
& l'Époufeur, charmé d'avoir garanti
fa tête de l'aigrette dont on voulait
la panacher, paye les frais, indem-
nife, fans qu'on l'en preffe, & fe re-
tire, fans rien dire de desobligeant.
L'aimable Nièce ne fut pas la dupe des

défaites que donna son Amant ; elle
entrevit la vérité.

Paraît un troisième Galant , plus
riche & plus épris que le dernier ; l'af-
faire va plus vite encore ; l'on est à la
veille des épousailles , sans aucune mal-
encontre : ce jour , ce propre jour , le
sort voulut , que le Déloyal rencontrât
le Futur , avec lequel il était brouillé
depuis trois ans. Ce dernier , le cœur
épanoui par la tendresse , veut se pré-
parer au Sacrement par une bonne ac-
tion , & se reconcilier avec un Enne-
mi , pour que Dieu bénisse son mariage : il vole dans ses bras. L'autre
répond à la courtoisie : confidence du
mariage. —Avec qui ?—La Nièce de
M. *tel.* Mouvement de surprise ; sourire
malin, phrases entrecoupées :—Qu'est-
ce ? la connaissez vous ? —Que de
reste : je veux vous prouver que je ne
vous ai jamais haï, en vous rendant

un fervice——. Le Traître découvre tout, & fe nomme. ——Vous le prouverez, répond le Futur avec fureur? ——Je le prouverai. ——Vous le foutiendrez devant elle ? ——Je le foutiendrai——. Jour pris ; la Demoifelle eft prévenue de tout : le Déloyal paraît avec fon Ami : la Nièce les fait paffer dans une pièce féparée. Il foutient : elle nie : il détaille & circonftancie : pour-lors elle convient : ——Mais, ajouta-telle , ma faute eft l'effet d'une fragilité dont il eft mille exemples ; & ta déloyauté , ta noirceur, pouffées jufqu'au point où je les vois, font un forfait inouï : purgeons la terre d'un monftre——. Ce mot n'eft pas fini, qu'un piftolet caché , part, & renverfe mort le Déloyal. Sur-le-champ, l'Oncle, que le bruit vient d'effrayer, accourt, voit le cas ; mais fa confternation ne l'empêche pas de

songer aux moyens d'en prévenir les suites ; il vole aux pieds du Monarque, demande la grâce de sa Nièce, & l'obtient. Ce n'est pas tout : pour comble de félicité, l'Epouseur charmé de l'Héroïne du Sexe féminin, déclare qu'il ne la veut ni plus sage, ni plus neuve :
— Car, dit-il, si, pour venger sa renommée, elle fut Dragon-de-courage; pour ne plus s'exposer à la perdre, elle sera Dragon-de-vertu.

FIN D'IL-RECULE-POUR-MIEUX-SAUTER.

ÉPIGRAMME.

Dans Pollux & Castor , *Gu*⁰ ombre légère
 Autour du Héros voltigeait :
Bien! dit un Amateur, qu'on étoufe au Parterre,
 Et qui de son mieux s'alongeait)
 Pour être-là cette Nymphe est parfaite!
 Hormis son gentil mouvement,
 On ne lui voit rien de vivant * ;
 Et l'illusion est complète.

---

* Cette admirable Danseuse est l'opposé de l'embon-
point ; & l'on peut dire quela Nature l'a formée pour
le genre gracieux & léger.

F I N.